Este libro pertenece a:

____________________

Tambor

**Thumper**

Bambi

**Bambi**

PROTAGONISTAS

**STARRING**

Flor

**Flower**

Gran Príncipe del Bosque

**Great Prince**

Este es un libro Parragon Publishing
Primera edición en 2007

Parragon
Queen Street House
4 Queen Street
BATH, BA1 1HE, UK

Traducción de Marina Bendersky para Equipo de Edición S.L.

ISBN 978-1-4054-8503-6
Impreso en China

Walt Disney

# Bambi

p

Reinaba una gran alegría en el bosque. Un nuevo príncipe había nacido. Se llamaba Bambi. Era el hijo del Gran Príncipe del Bosque. El cervatillo vio a un amistoso conejo.

"Mi nombre es Tambor", le dijo el conejito.

---

**There was great excitement in the forest. A new prince had been born. His name was Bambi. He was the son of the Great Prince of the Forest. The little fawn saw a friendly rabbit.**

**"My name's Thumper," he said.**

Muy pronto, Bambi estaba listo para explorar el bosque.

---

**Soon Bambi was ready to explore the forest.**

Los pájaros revoloteaban alrededor de Bambi. "Ese es un pájaro", dijo Tambor.
"¡Pájaro!", repitió Bambi.
Enseguida Bambi vio una mariposa y exclamó "¡Pájaro!"
"¡Esa es una mariposa!", rió Tambor.
Bambi entonces vio una linda flor y gritó: "¡Mariposa!"
"¡Esa es una flor!", dijo Tambor divertido.

---

**Birds fluttered around Bambi. "That's a bird," said Thumper.
"Bird!" Bambi repeated.
Bambi saw a butterfly and called out, "Bird!"
"That's a butterfly!" giggled Thumper.
Bambi saw a pretty flower and shouted, "Butterfly!"
"That's a flower!" Thumper laughed.**

Bambi vio una pequeña cabeza entre las flores.
"¡Flor!", dijo Bambi, otra vez.
"¡Es un zorrillo!", rió Tambor.
"Puede llamarme Flor si lo desea", dijo amablemente el zorrillo.

**Bambi saw a little head among the flowers.**
**"Flower!" said Bambi, again.**
**"That's a skunk!" Thumper laughed.**
**"He can call me Flower if he wants to," giggled the skunk.**

Una mañana, la madre de Bambi lo llevó a la pradera. Era amplia y abierta. Allí no había árboles para ocultarse. Bambi encontró un estanque. Se inclinó y vio su reflejo. De repente, otro reflejo apareció sobre el agua. Se trataba de una joven cierva. Ella deseaba jugar.

---

One morning, Bambi's mother took him to the meadow. It was wide and open. There were no trees to hide them.

Bambi found a pond. He leaned over and looked at his reflection. Suddenly, another reflection appeared. It belonged to a female fawn. She wanted to play.

Bambi se puso muy tímido.
“Está bien”, dijo la mamá de Bambi. “Ella es Faline, sólo quiere ser tu amiga.”
Muy pronto, Bambi y Faline jugaban juntos a las escondidillas.

---

**Bambi felt very shy.**
**“It’s all right,” Bambi’s mother said. “That’s Faline. She just wants to be your friend.”**
**Soon, Faline and Bambi were playing hide and seek.**

Justo en ese momento, el Gran Príncipe del Bosque se acercó a advertirles que el peligro acechaba.

Los ciervos corrieron a ocultarse tras los árboles. Bambi siguió a su padre hacia el bosque.

Luego le preguntó a su madre a qué clase de peligro se referían.

"El hombre estuvo en el bosque", le dijo ella.

---

**Just then, the Great Prince came to warn the deer that there was danger nearby.**

**The deer dashed toward the trees. Bambi followed the Great Prince into the forest.**

**He asked his mother what the danger had been.**

**"Man was in the forest," she told him.**

El verano pasó, el otoño también, y el tiempo se fue poniendo cada vez más frío.
Una mañana, el mundo se había vuelto blanco. "Eso es nieve", le dijo su madre. "Ha llegado el invierno."
Tambor se deslizó sobre un estanque congelado. "Ven, ¡tú también puedes deslizarte!", le llamó.

---

**Summer and fall passed and the weather grew colder. One morning, the world turned white. "That's snow," said his mother. "Winter has come."**
**Thumper was sliding across an icy pond. "Come on, you can slide too!" he called.**

Al principio, Bambi cayó sobre su panza
on un fuerte ¡TUPS!

Pero, muy pronto, ¡él también estaba
leslizándose sobre la superficie del
stanque!

---

**At first, Bambi fell on his
ummy with a loud THUD!**

**3ut soon, he was gliding across
he pond too!**

A medida que el invierno avanzaba, la comida escaseaba. Un día, Bambi y su madre fueron a la pradera a buscar algo para comer. Encontraron un poco de hierba verde entre la nieve.

Ambos comieron con avidez la hierba.

---

As winter passed, there was less and less food. One day, Bambi and his mother went to the meadow to search for something to eat. They found a small patch of green grass.

Bambi and his mother ate the grass hungrily.

De repente, la mamá de Bambi sintió el peligro.
"¡Regresa al bosque!", le dijo. "¡Rápido, corre!"
Bambi corrió atravesando la pradera. Oyó un ruidoso **¡BANG!**
"¡Más rápido, Bambi, no mires atrás!", gritó su mamá.

---

**Suddenly, Bambi's mother sensed danger.**
**"Go back to the forest!" she said. "Quickly! Run!"**
**Bambi raced across the meadow. There was a loud BANG!**
**"Faster, Bambi, and don't look back!" his mother shouted.**

Bambi corrió hasta su hogar. Pero su madre no venía detrás.
El corazón del cervatillo estaba acelerado por el pánico. Bambi comenzó a llorar.

---

**Bambi ran home. But his mother was not behind him.
Bambi's heart thumped with panic. He began to cry.**

En ese momento llegó su padre. "Tu madre no volverá", le dijo con
ernura.

Then his father came to his side.
"Your mother cannot be with you any longer," he told Bambi gently.

Para cuando llegó la primavera, Bambi y sus amigos habían crecido bastante. Flor conoció a una zorrilla y se enamoró.

"¡Flor está flechado!", dijo Tambor.

Tambor conoció a una conejita ¡y también quedó flechado!

---

**Bambi and his friends started to grow up. Flower met a female skunk and fell in love.**

**"Flower's twitterpated!" said Thumper.**

**Thumper met a female rabbit. He was twitterpated as well!**

Entonces Bambi vio a Faline.
Ella besó la cara de Bambi.
¡Él también se enamoró!

---

**Then Bambi saw Faline.
She licked Bambi's face. He was twitterpated too!**

Otro joven ciervo llamado Ronno quería a Faline. Luchó contra Bambi ¡y Bambi lo venció!

Él y Faline pudieron comenzar una vida juntos.

Una mañana, Bambi olfateó algo extraño. Salió a investigar y vio humo a la distancia.

---

**Another young stag called Ronno liked Faline. He fought Bambi, and Bambi won! He and Faline could begin their life together.**

**One morning, Bambi smelled something strange. He went to investigate.**

¡El bosque se estaba incendiando!
"El hombre ha regresado", dijo su padre.
Bambi corrió a buscar a Faline...

Bambi saw some smoke in the distance. The forest was on fire!
"Man has returned," said his father.
Bambi rushed to find Faline.

...y la rescató de una jauría de perros salvajes.

Entonces oyó un fuerte **¡BANG!**

---

Bambi rescued Faline from some wild dogs.

Then he heard a loud **BANG!**

Bambi sintió un dolor terrible y cayó al suelo. Las llamas lo rodeaban.
"Levántate, Bambi", gritó una voz. Era su padre.
Bambi lo siguió hasta un río y ambos se zambulleron. Lograron llegar a una isla.

---

**Bambi felt a terrible pain and fell to the ground. Flames swept toward him.**
**"Get up, Bambi," a voice cried. It was his father.**
**Bambi followed his father through the burning forest, over a waterfall, and into he water far below. They waded to an island.**

Allí los esperaba Faline, feliz de ver a Bambi con vida. Dulcemente, ella lamió su hombro herido.

---

**Faline was waiting there. She was overjoyed to see Bambi and gently licked his wounded shoulder.**

Cuando el terrible incendio se extinguió, los animales regresaron al bosque.

**When the terrible fire finally burned out, the animals returned to the forest.**

:sa primavera, todos los animales y pájaros fueron a ver a los dos nuevos cachorros Faline. Junto a ellos estaba su orgulloso padre, Bambi, el Gran Príncipe del Bosque.

---

**That spring, all the animals and birds came to see Faline and her two new fawns. nding nearby was their proud father, Bambi, the new Great Prince of the Forest.**